유리구슬마다 꿈으로 서다

김민 시집

문학세계사

　우리가 어쨌든 착한 마음이어야 하는 까닭은 입자
가속기 속의 힉스 입자이거나 유성우이거나 초신성
이거나 블랙홀이거나 우주 어딘가 그 어느 생명들에
게나 스러지기 전의 아름다운 순간이 반드시 있음을
알기 때문이다, 불꽃놀이 마지막 불티처럼.

2017년 7월
김 민

2 접시 바닥같이 얕은 슬픔

3 다정도 병인 양하여

4 유리구슬마다 꿈으로 서다

□ 해설 ㅣ 이경수(문학평론가)

1
창문에 매달린 저 먼지들도 한때는

무궁화 꽃이 피었습니다

모퉁이 돌아보면 앞니 빠진 유년들도 걸려 있을 것만
같습니다

봄날

들꽃 다발 꽃물 그림자
바람까지 한 줌에 움켜쥐고
쏘다니다 보면
고대 신화 속 활 같은 초승달
슬그머니 다른 한 손에 들려 있고

하굣길

세상 모든 저물녘은 어머니와 헤어진 시절

.

나비야 날자꾸나

개키고 또 개킨 굽잇길을 싱아 흰 꽃 위에 걸쳐 놓다

만화경

    과거의 조각들이 모래먼지 크기로라도 모두 쌓였더라면 진작 돌무지 아래에 묻혀 버렸을 테지만 녹거나 접히거나 뭉쳐서는 어쩌다 한 번씩 몸속 어딘가로 던져져 저물녘 노을에나 눈 그친 밤의 달빛에나 아니면 어디 저기 먼 집 불빛에 눈길 들어 몸을 돌리면 매번은 아니고 아주 가끔씩 살짝 내가 너를 네가 나를 네가 너를 나를 내가 비추는 모습 볼 수 있겠네

코고무신에 제비꽃 실어 띄우다

지금쯤 할머니께서 건져 내셨으리

두껍아 두껍아

바람 허무는 아이 무릎 감싸 주던 땅거미

창문에 매달린 저 먼지들도 한때는

눈길이었거나 손짓이었거나 메아리였거나 아니면

유년을 부어 두었던 마당가 빨간 고무 대야

소름 돋는 등어리로 할머니 손길 같은 비늘구름

살구나무 있는 마당

풍금 위 흔들리는 꽃잎 그림자를 노을이 다 질 때까지 눈으로 따라다니다 뱀처럼 놓인 길 저만치서 걸어오는 적막에 퍼뜩 놀라 일어나면 꽃밭 사이 두더지 굴로 마악 들어가는 어린 날의 꼬리

과꽃

  당신 떠난 다음 해에야 비로소 슬픔이 대문가에서 손
흔들었네

실러캔스coelacanth*

세상의 모든 말은 어느 하루 낮의 내 한숨

* 살아 있는 화석이라 일컬어지는 고생대부터 존재해 온 심해 어류.

세발가락나무늘보

잠에서 기어 나올 때면 아무것도 누구도 데리고 나오지
못했구나

수미산 중턱에서 잠시 목 적셨네

저 뒤에 나도바람꽃도 따라 올라오고 있을걸요?

피라냐 우글대는 꿈에 손 하나 담그다

묻어나는 건 찢어진 변검 가면들

땅따먹기

　발끝만 보며 내찬 돌멩이에 쌍둥이자리 유성우 쏟고 말
았네

심부름하는 아이

1

텃밭 사이 지름길로 오다가 발을 빠뜨렸지 뭐에요
그래서 그냥 심어 놓고 왔어요

그래서 늦었구나, 애야
솥뚜껑 좀 닫아 주지 않겠니?

예, 알겠어요
무엇이든 닫아 버리는 일은 제 몫이니까요
그런데 뚜껑은 어디 있어요?

곰쥐 떼가 몰려온다는구나

안에 들은 이건 대체 뭐죠?
처음 맡아 보는 냄새예요

너의 탯줄로 만든 순대란다
맛 좀 봐 주련?

칼을 가져오려무나

칼은 제가 계속 가지고 있으면 안 될까요?
웃자란 발가락을 솎아 내야 하거든요
참, 그것들도 같이 찌면 좋겠네요

이제부터는 네가 찜솥을 맡아도 되겠구나
뚜껑은 찾았니, 애야

이제 뚜껑은 찾을 필요 없어요
제 몸을 통째로 넣을 거니까요

곰쥐 떼가 몰려오고 있질 않니

곰쥐는 저처럼 질긴 상처는 먹지 않는대요
그러니 아무 걱정 마세요
어머니

2

날이 궂으니 솜틀집에 눈물샘 좀 맡기고 오려무나

맨발로 하얀 길 지나는 바람에게 길을 묻다

샘밭* 즈음에서부터 절반쯤 깨진 거울 들고 얌전히 뒤따라오는 하늘

* 소양강댐이 있는 춘천 신북읍 천전리를 부르는 말.

참새

상수리나무를 떠나며 나를 떨구다

소쩍새

아이들 놀던 공터에는 내 목청만이

못

텃밭 일구다 끄집어 내보니 구부러진 부처 손가락

책갈피

소요산 그림자 문득 떨어집니다 한쪽 날개 찢긴 물결나
비처럼

2
접시 바닥같이 얕은 슬픔

얼굴에 지나가는 바람 몇 개

눈동자이기를 옷깃이기를 이슥한 잠결이기를

도깨비바늘

겨울 볕에 가난하게 마르고 있는 웃음일지라도 하나쯤
뿔에 걸렸으면

바다거북

이 길에선 언제나 길 잃은 아이 냄새가 납니다

까막눈

밤 사이 들이친 빗물에 방충망 한가득 새겨진 점자를
더듬다

향유고래

잔잔하면 꽃등 띄우고 일렁이면 달빛 걷으리

정월 대보름

등이 굽어지고 굽어지다 둥글게 말려 버린 노파여

조각 퍼즐

방바닥에 달밤 쏟으면 은하수도 와르르

수건돌리기

이번엔 삼도천 뱃사공 뒤에다가

나는 아무래도 그곳으로 가야겠다*

　나는 아무래도 다시 그곳으로 가야겠다. 그 외로운 마음과 슬픔으로 가야겠다.

　비어 있는 추억 한 바구니와 발걸음과 회한의 노래와 흔들리는 질긴 목숨만 있으면 그만이다.

　서산마루에 깔리는 장밋빛 눈가, 또는 동트는 잿빛 심연만 있으면 된다.

　나는 아무래도 다시 그곳으로 가야겠다.

　혹은 거칠게, 혹은 맑게, 내가 싫다고는 말 못할 그런 먹먹함으로 저 울음소리가 나를 부른다.

　폭풍우 몰아오는 먹구름 부는 날이면 된다.

　그리고 왁자지껄한 속에 오히려 따스한 청주 한 사발과 마음에 맞는 별자리, 담배 한 갑만 있으면 그만이다.

　나는 아무래도 다시 그곳으로 가야겠다. 고아의 신세로.

　칼날 같은 눈물이 퍼붓는 곳, 백수광부가 갔던 길, 이백이 갔던 길을 나도 가야겠다.

　껄껄대는 세인들의 신나는 이야기와 그리고 기나긴 취

객의 밤길이 다 하고 난 뒤의 깊은 잠과 조용한 죽음만 내게 있으면 그만이다.

바람이 인다. 또다시 잿빛 먼동이 트면서 저기 장밋빛 눈물이 손짓한다.
슬픔을 챙기자. 나는 아무래도 그곳으로 가야겠다.

* 김장호 시인 「나는 아무래도 산으로 가야겠다」 오마주.

능구렁이

보란 듯 가지런히 넝마쪼가리 벗어 두고 가을을 훔쳐 사라지다

접시 바닥같이 얕은 슬픔

　그대에게 접어들기까지 이제 수미산 하나 무수천無愁川
하나

봄

배웅 나갔다 눈동자에 시골처녀나비 그려 넣고 오는 하루

장님거미

몰래 짜다 놓아 둔 수의壽衣 가슴팍에 갖다대 보네

명왕성에서 지구를 바라보다

푸르디푸른 눈물 모두가 이곳이라고 또박또박 말해 주
려나

답신

차가운 햇볕 한 자락, 돌개바람 한 오라기, 진눈깨비 한 송이, 말라비틀어진 겨우살이풀, 들고양이들의 윤기 없는 털, 무 뽑힌 채로 있는 텃밭 진흙더미 사이마다 이어지는 물결이 없었다면 씨 고른 자리에 살며시 돋아난 감빛 노을도 이렇게 오지 못했겠지

가을비가 와서 너무 와서 동자상 목청마저
녹아내리고

그의 얼굴을 어루만질 것이다

숨은그림찾기

서울역 앞 소나무 가지 사이 지장보살 눈썹

고향 방문

가 보자고 가 보자고 기어코 찾아와 보니 엎드려 있는
하늘만

소소한 슬픔

스을슬 스스로를 쓸쓸하게 쓸어 가는 씁쓸함

은하수 걸어 두려 하늘에 못질하다

한 발 내딛고, 옳지, 다음 발

카메라

가슴에다 이만하게 구멍을 뚫고
오목렌즈 볼록렌즈 앞뒤로 끼고
슬픔이면 슬그머니 당겨도 보고
기쁨이면 삼각대에 앉아도 보고
아픔이면 아슴푸레 누워도 있고
천수관음 곁에서는 엎드려 보고

숨바꼭질

옷장 열어 보면 얌전히 포개어 있는 그림자의 나이테들

여행길에 병들어 꿈은 메마른 들녘 헤매네*

아, 저기, 똬리 트는 붉은 강

* 일본 하이쿠 시인 마츠오 바쇼의 절명시絶命詩:
  旅に病んで夢は枯野をかけ廻る.

서천꽃밭

나비야, 이제 그만 내려앉아도 가슴 덜 시리겠지

3
다정도 병인 양하여

길치

숫대 아래 마을 길가 개미 행렬 옆 강아지풀 꼭대기 검
은물잠자리 뒤쪽으로 마을길

민들레

바람 끝마다 은하수 부스러기

호랑이

　그날 그 할머니가 이고 오던 광주리에는 떡뿐 아니라 잔칫집 주인이며 손님들이 보채는 아이 보듬는 마음도 담아들 주었던데 나도 산중에서 정에 굶주리던 터라 생각 같아서는 한 번에 다 달라고 떼쓰고 싶었지만 그렇게는 차마 못하고 고개 하나에 하나씩만 달라고 했던 거였지, 그런데 고개 하나마다 하나씩 받아먹으면 받아먹을수록 점점 더 고파져서 아흔아홉 고개를 넘어서 받은 아흔아홉 개도 못내 아쉬워 딱 백 개만 채우고 그만두려 했던 건데 할머니 마음속에 있는 마지막 하나는 어쩌지 못하게 되니 눈에 뵈는 게 없어지더란 말이야, 정신을 차리고 둘러보니 할머니를 기다리고 있을 아이들이 가엾기 짝이 없어져서 오두막집으로 달려갔던 건데 그 난리법석을 떨고 나니 벼이삭만 봐도 그때 받아먹었던 떡과 동아줄까지 떠올라 풀같이 생긴 것들은 아예 입에 대지도 못하게 되더라고

쑥부쟁이

얘는 그러니까 가을 귀밑머리쯤이겠네

이런, 맹꽁이

살얼음 동그랗게 오려 안경알로 삼다니, 원

다정도 병인 양하여

배나무 꽃 띄운 하늘 길 되밟아 오르는 발걸음이여

시詩로 만든 집

뎅그렁, 현관문 풍종風鐘조차 배추흰나비 빈 집

까치밥

가지에서 툭, 흙벽에 단풍 들이는 가을 노을아

생일 선물

애기똥풀 한 다발을 강아지풀 머리맡에 놓아 주었네

누에고치

눈 내리고 난 저녁 연기 고드름에 돌돌 말아 놓을 것

쇠별꽃

바람이 붓질하고 지나간 뒷자리

초롱아귀

마음의 해연海淵에서도 성냥 한 개비 그은 불빛 정도는 깜빡이겠지

옥잠화

늑진늑진한 성냥머리 같은 표정을 하고 서 있던 사랑

송사리와 놀다

잠방잠방 그러모은 햇살 한 옴큼

쇠똥구리

이봐요, 나를 굴렸어야죠

반달은 돌칼처럼

바람길로 풍경 내리긋다

개미핥기

자박자박 발소리에 베갯머리가 뎅뎅 울릴 지경이었습니다

공기놀이

잔설에 듬성듬성 달무리 들춘 자국들

채송화 꽃밭

옷 바꿔 입자 서로들 법석 떠는 통에 나도 모르게 그만

월인천강지곡 月印千江之曲

　뭉크의 모래와 고흐의 물결과 루오의 온달과 모네의 개
구리밥

오어사吾魚寺

봄바람에 들꽃구름 나부끼는 동안
가을비 몰아와
처맛자락 부여잡게 만드는
풍경風磬 한 두름

동짓날 아침

꾸욱 짜서 던져 놓은 미루나무 끝 까치둥지 한 동아리

이팝나무 단오제

하루살이 떼로 모여들더니 거미줄에 올라타 흔들 또 흔들

레고놀이

선잠 툇마루 버들개지 낮달 참새 포르르 도둑고양이 가
을볕 헬리콥터

난독증

어림으로도 몇 권인지 모를 곰개미들이 지하 동굴로 줄
줄이 들어가더구나

4
유리구슬마다 꿈으로 서다

섣달그믐

마침 노을 한 다라이 받아 놨는데 좀 씻지 않을래?

공무도하가 公無渡河歌

세이렌의 비늘처럼 손짓하던 은사시나무들

물잠자리

마애불 뭉개진 콧날에 내려앉으렴

날씨 참 좋네

무청 널어 놓은 끄트머리에 부끄러움 두어 꾸러미도 슬쩍

꽃놀이

용케 버틴다 싶더니 하늘하늘 방랑벽이구나

전기뱀장어

법주사 쌍사자 석등 불 밝히러 가는 길

구멍 난 바지주머니로 빠져나간
유리구슬마다 꿈으로 서다

눈 내리는 틈새로 검은 고양이

꽃다지

꽃망울 멍울질라 새끼 오리도 돌아가는 봄 마당

여기 여기 붙어라

깽깽이걸음발로 하늘 담벼락 찍고 온 바람들

제비

죽비로 내리치는 찰나 소나기

목련

저 불 좀 꺼줄 사람 아무도 없나

해바라기

저녁으로 향하는 간이역에서의 눈동자여 깨진 섬광등
閃光燈 파편들이여

입가에 묻은 바람 쓰윽 문질러 놓은 돌부처
가사 자락 끌어 물고 달아나는 다람쥐

자장가 들려오는 숲 저편

도플갱어Doppelgänger

체로키 인디언마을에서 마주하기를

오늘 화장 참 잘 받았네

짙은 눈썹 같은 까마귀 날고

백수광부의 노래

팔 떨어진 술병 여기 있으니 어스름 물비늘 채워 주오

민달팽이

달빛 한 벌 그만 전철에 두고 내리다

비설거지

미처 걷지 못한 고추잠자리 날개 말리고 있는 빨래집게들

춘하추동 春夏秋冬

버티면서 버티고 버티면서 버리다 버리면서 버티고 버
리면서 버리네

여우야 여우야 뭐하니

죽었니 살았니

꽃눈 곁에서 파도로 눕는다

우주 망원경

빨리 찾아줘

아득한 그날만
보이지 않는 그곳만
모습 감춘 그들만 찾지 말고

이것도 빨리

인면와당 人面瓦當

　강가의 아이들 물수제비뜨는 돌에 뺨 맞아도 웃고 멀리
황룡사탑은 노을에 잘 비끼고 있었네

바리데기 마음 말리던 벌판

바람 사이 석양도 겹치다 뜨문뜨문 돌팔매

우리가 잊고 있던 시의 본령

이경수(문학평론가)

우리가 잊고 있던 시의 본령

이경수(문학평론가)

1

시의 어려움과 쉬움, 길이의 길고 짧음이 좋은 시의 조건을 결정하는 기준이 될 수 있을까? 오래전 나는 천상병의 시를 읽으면서 비슷한 질문을 던졌던 것 같다. 아이같이 순수한 천상병의 시를 앞에 두고 좋은 시를 판가름하는 일반적인 기준을 들이대는 일의 무의미함이랄까, 그런 생각에 빠져들고 있었다. 쉽고 맑고 천진난만한 그의 시 앞에서 이상하게 나는 오래 앓았다. 그의 시에 대한 글을 쓰는 일은 편견에 맞서는 일이자 내 안의 벽 하나를 허무는 일이기도 했다. 그리고 아주 오랜만에 김민의 시를 읽으며 비슷한 질문과 마주해야 했다.

우리 시가 길고 난해해졌다거나 그로 인해 독자들과 멀어졌다는 식의 뻔한 이야기를 꺼내고 싶지는 않다. 여러 차례 이야기했듯이, 난해성 자체는 좋은 시냐 아니냐를 판가름하는 기준이 될 수 없다. 난해해서 좋은 시라는 것이 말이 안 되는 것만큼이나 난해해서 나쁜 시라는 말도 성립하지 않는다.

다만, 젊은 시인들의 시가 전반적으로 길어지고 어려워지고 있는 상황에서 짧은 시나 쉬운 시의 존재 이유에 대해서는 한 번쯤 생각해 볼 필요가 있을 것이다. 김소월과 정지용과 백석이라는 서정시의 정수를 지나 한참을 달려온 우리 시에서 짧은 시가 지니는 의미는 어디쯤에서 찾을 수 있을까?

더구나 한 줄 시를 표방하는 김민의 시를 앞에 두고 이런 시의 새로움을 어디에서 찾아야 할 것인가? 요즘의 시는 새로운 언어 실험에는 관심이 많지만 오랫동안 시의 정의에 빠지지 않고 등장했던 시의 본령으로부터는 거리가 멀어져 가고 있다. 시의 정의에 종종 인용되던 함축적인 언어라든가 리듬과 이미지를 지닌 언어라는 설명은 이제 새로운 시를 쓰기 위해 극복해야 할 대상이 되어 가고 있다고 해도 과언이 아닐 것이다. 김민의 한 줄 시는 우리가 오래 잊고 있던 시의 본령을 일깨워 준다. 대체 불가한 언어로 함축적으로 표현된 시. 시적 대상을 포착해 뛰어난 이미지로 그려낸 시. 그런 시의 정수를 김민의 시를 읽으며 만날 수 있다.

2

첫 시집『길에서 만난 나무늘보』에서도 김민은 한 줄 시의 형식을 고집했었다. 시인의 고백에 따르면 한 줄 시는 김민이 처음부터 추구한 시의 형식은 아니었다. 연이 나누어진 꽤 긴 시들로부터 이야기를 품은 시, 그로테스크한 분위기를 추구하는 시 등을 거쳐 도달하게 된 시의 형식이 한 줄 시였다. 한 줄 시라는 형식에 이르기까지 그는 많은 말들을 버리고 또 버렸다. 버리고 비워 내는 방황의 시기, 비워 냄의 긴 과정이 없었다면 그의 시는 결코 한 줄 시라는 형식에 이르지 못했을 것이다. 간결하고 단아해 보이는 한 줄 시에 도달하기까지 겪었을 고투의 시간을 여백으로 품은 시야말로 김민의 한 줄 시라고 말해야 할지도 모른다. 말한 것보다 말하지 않은 것이 더 많은 시. 그리하여 넓은 여백을 품은 시. 김민의 한 줄 시를 이렇게 정의해 볼 수도 있을 것이다.

김민의 한 줄 시는 크게 두 가지 유형으로 나뉜다. 제목과 시의 본문이 조응하면서 한 편의 시를 완성하는 형식의 시. 이것이야말로 김민의 한 줄 시가 도달한 개성적 형식이라고 할 수 있다. 제목과 본문의 조응이 기막히게 이루어져서 사실 이런 유형의 시를 읽을 때에는 반드시 제목을 먼저 읽고 시의 본문을 읽어야 한다. 그래야 한 편의 시가 온전히 완성된다.

모퉁이 돌아보면 앞니 빠진 유년들도 걸려 있을 것만 같습니다
—「무궁화 꽃이 피었습니다」 전문

"무궁화 꽃이 피었습니다." 이 말은 불현듯 생생하게 들려오는 저 너머의 목소리와 억양과 리듬을 동반한다. 담담하게, 밋밋하게는 읽을 수 없는 말의 리듬. 그 시절 아이들의 놀이의 언어가 저 말에는 들어 있다. 저녁 먹으라고 부르는 소

리가 집집마다 들려오도록, 저녁 6시면 어김없이 울려 퍼지는 애국가가 골목에서 뛰어다니던 아이들을 멈춰 세우는 그 시간이 지나도록, 동네 아이들이 몰려 나와 뛰어놀던 그리운 골목을 환기하는 힘이 저 말에는 있다. 그 시절의 놀이 중 잊을 수 없는 놀이 하나가 바로 '무궁화 꽃이 피었습니다'였다. 술래가 뒤돌아서 '무궁화 꽃이 피었습니다'를 외는 동안만 나머지 사람들이 움직여 술래에게 다가갈 수 있었던 것이 이 게임의 규칙이었다. 움직임이 술래에게 발각되면 그가 술래가 되고, 들키지 않고 술래에게 다가가 술래를 손으로 칠 수 있으면 술래도 계속되고 놀이도 계속된다. 단순한 규칙이지만 '무궁화 꽃이 피었습니다'가 울려 퍼지는 동안 눈과 귀를 곤두세운 아이들의 몰입도는 상당한 놀이였다. 골목에서 이루어지던 유년 시절의 놀이를 떠올리며 김민의 시적 주체는 "모퉁이 돌아보면 앞니 빠진 유년들도 걸려 있을 것만 같습니다."라고 말한다. 모퉁이, 유년, 앞니 빠진 아이들을 소환하는 추억의 놀이. 그 놀이의 이름이 '무궁화 꽃이 피었습니다'라는 점도 지금 와 생각하면 의미심장하다. 아이들의 놀이에까지 이념의 흔적이 드리워졌던 시절이었다. 이 시를 본문과 제목의 순서를 바꾸어 읽는 것은 시의 맛을 확연히 떨어뜨린다. 제목을 먼저 읽고 시의 본문을 읽을 때 제목과 시가 서로 조응하면서 의미와 정서의 확장을 가져오는 것이야말로 김민의 한 줄 시가 가진 중요한 미적 특징이라고 할 수 있다.

바람 허무는 아이 무릎 감싸 주던 땅거미

—「두껍아 두껍아」 전문

'두껍아 두껍아'라는 시의 제목 뒤에는 자동적으로 '헌집 줄게 새집 다오'라는 말이 따라올 것이다. 유년의 한 자리를 차지하는 추억의 놀이가 김민의 시에서는 종종 호명되는데, 그 놀이는 이름으로만 기억되는 것이 아니라 소리와 냄새, 아이들이 어울려 놀며 형성한 그 시절의 분위기까지 한꺼번에 불러온다. 흙바닥에 무릎을 대고 앉아 "두껍아 두껍아 헌집 줄게 새집 다오."를 부르며 손등 위로 모래를 쌓아 두꺼비집을 짓던 기억이, 손등에 와 닿던 모래의 따뜻한 촉감과 특유의 흙냄새와 함께 떠오를 것이다. 바람이 애써 지은 집을 허물어도 어두워지도록 좀처럼 일어서지 않던 아이, 그런 아이의 무릎을 감싸 주던 땅거미. 김민 시인에게 저 놀이의 기억은 그런 이미지로 남아 있는 모양이다. 아이들의 놀이에까지 가난의 흔적이 드리워져 있던 시절의 이야기다. 유년의 놀이와 추억이 김민 시의 많은 부분을 차지하는데, 그의 시가 동심을 품고 있는 것처럼 느껴지는 이유도 아마 여기에 있을 것이다.

눈길이었거나 손짓이었거나 메아리였거나 아니면

—「창문에 매달린 저 먼지들도 한때는」 전문

인용한 시도 제목을 먼저 읽고 시를 읽어야 그 맛이 사는 시 중 하나이다. '창문에 매달린 저 먼지들도 한때는'이라는 제목이 상상력을 자극하고 이어지는 시의 본문에서는 '눈길이었거나 손짓이었거나 메아리였거나' 했을 거라고, 먼지 같은 하찮은 존재도 한때는 누군가에게 의미 있고 소중한 존재였을 거라는 생각을 펼쳐 놓는다. 그런데 이 시를 더욱 시적으로 만드는 것은 사실상 '아니면'이다. '아니면' 뒤의 여백, 그 열린 공간이 독자들의 개인적 체험과 상상력을 품어 안으면서 이 시에 시적인 힘을 부여한다.

그런가 하면 탁월한 이미지를 구현해 냄으로써 한 줄 시의 매력을 드러내는 시도 있다. 특히 고유명사를 제목으로 삼은 한 줄 시에서는 그 고유명사를 환기하는 이미지를 포착해 한 줄로 표현하는 데 남다른 탁월함을 보이기도 한다.

세상 모든 저물녘은 어머니와 헤어진 시절

—「하굣길」 전문

'하굣길'이라는 제목의 한 줄 시이다. 하굣길의 이미지는 저마다 조금씩 다르겠지만 김민의 시적 주체가 주목하는 것은 상실감이다. 저물녘에 대한 기억은 누구에게나 있을 것이다. 유년기나 소년기의 저물녘에 대한 기억은 더욱 특별할지도 모른다. 김민의 시가 기억해 내는 하굣길의 이미지는 상실의 시간이자 외로움의 시간으로써의 '세상 모든 저물녘'이다. 수업이 파하고 하루가 저물 무렵 와자지껄한 친구들을 뒤로 하고 홀로 걸어 집으로 돌아가는 길을 거쳐 소년은 성장해 갔을 것이다. 그러므로 '세상 모든 저물녘'은 '어머니와 헤어진 시절'이다. 혼자 쓸쓸히 걸어 집으로 돌아가던 하굣길이 문득 기억 저편에서 솟아오른다. 세상 모든 저물녘을 걸어갔을 그 시절의 소년 소녀들이여. 무사히 어머니와 헤어져 잘 성장했느냐고, 지금은 세상 어느 곳에서 쓸쓸한 저물녘을 보내고 있느냐고 문득 묻고 싶어진다.

당신 떠난 다음 해에야 비로소 슬픔이 대문가에서 손 흔들었네
—「과꽃」전문

「과꽃」에서 김민의 시적 주체가 포착하는 이미지도 상실감과 그로 인한 슬픔이다. '올해도 과꽃이 피었습니다'로 시작되는 동요 〈과꽃〉을 부르며 성장한 세대에게 과꽃은 그리운 누군가를 떠올리게 하면서 그의 부재를 동시에 각인시켰을 것이다. 이 시의 밑바탕에도 동요 〈과꽃〉이 형성한 부재 대상에 대한 그리움의 이미지가 깔려 있다. 이별과 상실감, 뒤늦게 깨닫는 슬픔이 과꽃의 이미지와 자연스럽게 어울리는 데에는 이런 문화적, 정서적 배경이 작용하고 있는 셈이다.

소름 돋는 등어리로 할머니 손길 같은 비늘구름
—「유년을 부어 두었던 마당가 빨간 고무 대야」전문

앞서의 시들과는 달리 제목이 길기는 하지만, 집집마다 하나씩은 있었던 '빨간 고무 대야'도 추억을 환기하는 매체이다. 마당가에 놓여 있던 빨간 고무 대야에서 물놀이도 하고 목욕도 하고 등목도 하고 이불 빨래도 했던 기억과 함께 김민의 시적 주체는 '유년을 부어 두었던 마당가 빨간 고무 대야'로 추억의 사물을 소환한다. 빨간 고무 대야 안에서 목욕을 했던 기억과 함께 떠오르는 이미지를 김민의 시는 '소름 돋는 등어리로 할머니 손길 같은 비늘구름'이라고 그려 낸다. 온도 감각과 촉각과 시각이 어우러져 소환되는 유년의 기억. 김민의 시는 이미지를 형상화해 과거의 기억을 불러오는 데 탁월하다.

개키고 또 개킨 굽잇길을 싱아 흰 꽃 위에 걸쳐 놓다
—「나비야 날자꾸나」 전문

묻어나는 건 찢어진 변검 가면들
—「피라냐 우글대는 꿈에 손 하나 담그다」 전문

김민의 한 줄 시가 주로 포착하는 정서가 유년 시절의 그리움과 상실감에 놓이는 것은 사실이지만, 대상의 특징을 포착해 선명한 이미지로 구축하는 힘을 그의 시는 기본적으로 가지고 있다. 흰 나비가 팔랑거리며 날아다니는 모습을 '개키고 또 개킨 굽잇길을 싱아 흰 꽃 위에 걸쳐 놓다'고 표현하는 감각이나 '피라냐 우글대는 꿈'에서 '찢어진 변검 가면들'로 이어지는 이미지는 그가 구축하는 감각이 새롭고 폭이 넓음을 보여 준다. 한 줄 시라는 형식을 얻기까지 김민은 다양한 시적 실험을 거쳤고, 한때 하이쿠에 탐닉하기도 한 것으로 알려져 있다. 짧은 시라는 점과 찰나의 이미지를 포착한다는 점에서 서로 통하는 면은 있지만, 상실감과 외로움의 정서를 바탕으로 한 김민의 시는 하이쿠의 영향에서 이미 벗어나 있다고 할 수 있을 것이다. 하이쿠가 찰나의 아름다움에 좀 더 예민하다면 김민의 시는 과거의 기억을 품고 있다는 점에서 서정시의 회감의 원리에 좀 더 충실하다고 볼 수도 있겠다.

3

김민의 첫 시집이 수록 시 전체가 한 줄 시로 이루어진 시집이었다면 이번 시집에서는 한 줄 시의 형식을 취하지 않은 시들도 일부 눈에 띈다. 한 줄 시의 형식으로는 다 담아 낼 수 없는 시적 욕망이 그에게 남아 있기 때문일 것이다. 한 시인이 자신의 시적 개성을 구축해 나가는 것은 의미 있는 일이지만 그것이 창작의 자유를 억압하는 감옥이 되어서는 곤란하다. 언어의 감옥에 갇히지 않으려는 부단한 노력이 없이는 좋은 시가 쓰이기 힘들 것이다. 그런 점에서 한 줄 시의 형식에서 벗어난 시들이 여전히 쓰이고 있다는 것은 반가운 일이 아닐 수 없다.

이번 시집 수록시 중 한 줄 시의 형식을 취하지 않은 시들도 크게 두 부류로 나뉜다. 한 줄 시의 형식을 취하지는 않았지만 넓은 의미에서 시적 정서가 한 줄 시와 상통하는 경우가 있는가 하면, 언어 유희와 그로테스크 같은 좀 더 파격적인 실험을 시도해 본 시도 있다.

들꽃 다발 꽃물 그림자
바람까지 한 줌에 움켜쥐고
쏘다니다 보면
고대 신화 속 활 같은 초승달
슬그머니 다른 한 손에 들려 있고

— 「봄날」 전문

이런 시는 5행으로 이루어진 시이지만 정서적으로는 한 줄 시에 닿아 있는 시라고 볼 수 있다. 봄날의 혼곤한 분위기와 달뜬 느낌을 '들꽃 다발 꽃물 그림자/바람까지 한 줌에 움켜쥐고/쏘다니'는 이미지로 그려 내는 데 성공한 이 시에서 흥미로운 부분은 4행과 5행이다. '고대 신화 속 활 같은 초승달'이라는 표현으로 인해 이 시에서 포착하는 봄날은 봄날의 어느 하루에 그치지 않고 신화의 시간을 품어 안는다. 더구나 초승달은 '슬그머니 다른 한 손에 들려 있'는 것으로 그려진다. 현실의 봄날과 고대 신화 속 봄날은 그렇게 연결된다. 게다가 이 시는 '슬그머니 다른 한 손에 들려 있고'로 마무리

된다. 끝나지 않고 현재에도 지속되는 시간으로 '봄날'이 그려진 것이다. 먼 과거의 시간을 현재의 시점에서 정서적으로 융합하는 회감의 원리에 충실하다는 점에서 이 시는 그의 한 줄 시와 같은 맥락에 놓인다.

　　과거의 조각들이 모래먼지 크기로라도 모두 쌓였더라면 진작 돌무지 아래에 묻혀 버렸을 테지만 녹거나 접히거나 뭉쳐서는 어쩌다 한 번씩 몸 속 어딘가로 던져져 저물녘 노을에나 눈 그친 밤의 달빛에나 아니면 어디 저기 먼 집 불빛에 눈길 들어 몸을 돌리면 매번은 아니고 아주 가끔씩 살짝 내가 너를 네가 나를 네가 너를 나를 내가 비추는 모습 볼 수 있겠네

—「만화경」전문

　　그런가 하면 그의 이번 시집에는 다소 낯설게 느껴지는 시도 몇 편 눈에 띈다. 만화경도 추억을 환기하는 장난감이라는 점에서 김민이 즐겨 채택하는 시적 대상과 상통하는 면이 있다. 구멍을 통해 들여다보면 온갖 신기한 세계가 펼쳐지곤 했던 만화경은 장난감이 흔치 않던 시절에 낯설고 신비로운 세계를 만날 수 있는 통로 같은 것이기도 했다. 인용한 시는 이미지와 리듬을 활용해 그런 만화경의 세계를 흥미롭게 그려 낸다. 이 시에서 눈길을 끄는 부분은 '매번은 아니고 아주 가끔씩 살짝 내가 너를 네가 나를 네가 너를 나를 내가 비추는 모습 볼 수 있겠네'라는 마지막 부분이다. 나와 너의 관계

를 변주해 만들어 낸 리듬이 묘한 울림을 자아 낸다. 그의 언어 유희가 단순한 말장난에 그치지 않고 특유의 리듬과 이미지를 구축해 정서적 울림을 만들어 낼 수 있는 가능성을 보여 준다고 볼 수 있을 것이다.

그 밖에도 이번 시집에 실린 「심부름하는 아이」, 「나는 아무래도 그곳으로 가야겠다」, 「호랑이」 등의 시에서 김민은 다른 시적 실험을 시도하고 있다. 어머니와 아이의 대화로 구성된 「심부름하는 아이」는 어머니와 아이가 문답하는 형식이나 반복되는 상황과 말들이 동시 같은 분위기를 풍기기도 하지만, 일상적인 언어와 그로테스크한 분위기의 조화를 통해 '곰쥐 떼'라는 미지의 공포와 어머니의 걱정, 나의 상처와 외로움 등이 인상적으로 그려진 시이다. 김장호 시인의 시에 대한 오마주를 시도하고 있는 「나는 아무래도 그곳으로 가야겠다」와 『해님 달님』 전래 동화 속 호랑이의 입장을 호랑이의 말로 전하는 시 「호랑이」에서 시도한 실험은 그다지 성공적이라는 판단이 들지 않지만, 「심부름하는 아이」에서 그려 낸 그로테스크한 동화적 상상력과 유년의 상처는 김민의 시가 나아갈 수 있는 또 하나의 가능성을 보여 준다는 생각이 든다. 동갑내기 시인 김민이 그려 내는 유년의 기억은 내가 잃어버린 한 시절을 불러와 그날의 안부를 묻곤 한다. 때 늦은 답장이라도 해야만 할 것 같다.

김민 시인

1968년 서울에서 태어나 동국대 국어교육과를 졸업했다. 2001년《세계의
문학》에「자벌레」외 4편을 발표하며 등단했다. 시집으로『길에서 만난 나무
늘보』(민음사)가 있다.

유리구슬마다 꿈으로 서다
김민 시집

초판 1쇄 2017년 7월 25일
초판 2쇄 2017년 12월 15일

지은이 · 김 민
펴낸이 · 김종해
펴낸곳 · 문학세계사

주소 · 서울시 마포구 신수로 59-1(04087)
대표전화 · 02-702-1800   팩시밀리 · 02-702-0084
이메일 · mail@msp21.co.kr
홈페이지 · www.msp21.co.kr
페이스북 · www.facebook.com/munsebooks
출판등록 · 제21-108호.(1979.5.16)

값 8,000원
ISBN 978-89-7075-856-5 03810
ⓒ 김민, 2017

이 도서의 국립중앙도서관 출판예정도서목록(CIP)은 서지정보유통지원시스템
홈페이지(http://seoji.nl.go.kr)와 국가자료공동목록시스템(http://www.nl.go.kr/
kolisnet)에서 이용하실 수 있습니다.(CIP제어번호: CIP2017016787)